Ce Prairial, an 8 de la République
Française, une et indivisible.

AUX CONSULS
DE LA
RÉPUBLIQUE FRANÇAISE.

CITOYENS CONSULS,

Si c'est la plus sublime des fonctions, le
plus beau des triomphes, la plus délicieuse
des jouissances, pour les premiers magistrats
de la république, de présider, sous les auspices de la sagesse, de la confiance et de
l'amour, aux brillantes destinées d'une
grande nation ; sans doute il est, d'un
autre côté, aussi glorieux que consolant,
pour un peuple éclairé, sensible, généreux
et magnanime, d'être gouverné, après dix
années de révolution, par les loix, l'héroïsme, les talens et la philosophie.....

Avec quel plaisir inexprimable, avec quel
noble orgueil je vois aujourd'hui placé, à la
tête des affaires, des hommes infiniment
estimables, dont le mérite et la réputation
reposent sur les bases imposantes et majes-
tueuses de la justice, de la valeur, de la
politique, du savoir et de la vertu !.....

Pour vous élever au-dessus de vous-mêmes
et de votre siècle, citoyens consuls, il ne
s'agit plus que de *conquérir la paix*, l'objet
de tous les vœux et de toutes les espérances.
Vous l'avez déjà obtenue dans l'intérieur par
des mesures dignes de vous, et vous saurez
l'y fixer, l'y consolider par une bonne
administration.

Mais, dans tout ce qui intéresse nos relations extérieures, il est réservé à l'immortel Bonaparte, et à nos armées victorieuses, de forcer les puissances coalisées à la recevoir, *cette paix si ardemment désirée*, des mains du génie, du courage et de la philantropie, pour la donner à l'Europe entière, ainsi qu'aux heureux habitans de l'une et l'autre hémisphère.

Aux membres du Sénat Conservateur.

Citoyens Sénateurs,

Chargés immédiatement de veiller au dépôt sacré de la constitution et de toutes les loix qui en dérivent, vous jouissez du glorieux privilège d'assurer pour toujours, à trente millions de Français, le maintien de leurs droits civils et politiques.

L'idée seule de votre établissement, citoyens sénateurs, est une de ces *conceptions sublimes* qui n'appartiennent qu'au génie, et s'il y a quelque chose qui lui soit comparable, c'est d'avoir su la réaliser.

Vous êtes, par vos vertus, vos talens et vos lumières, l'un des plus riches ornemens de la société ; vous aurez encore un autre mérite aux yeux des générations, celui d'en être constamment l'appui, le rempart et le plus ferme soutien.

Rien, pour ainsi dire, n'attachoit autrefois à la patrie, parce qu'elle n'existoit plus, en quelque sorte, qu'au milieu de la fureur des partis et du conflit des passions. Aujourd'hui qu'un gouvernement à la fois sage, équitable et ferme, qu'un système raisonné de législation et la morale publique ont remplacé parmi nous une administration foible, ombrageuse et versatile, l'éloquence aussi

(5)

verbeuse que stérile de nos orateurs de tri-
bune, et la licence des volontés particulières;
l'esprit et le cœur se reposent sur des objets
qui occupent agréablement l'âme et la pen-
sée ; on voit l'harmonie sociale renaître et
sortir triomphante du sein même du cahos ;
enfin, la vie, le mouvement et la vigueur
sont là où l'on n'appercevoit naguère que de
l'agitation, de la langueur ou de l'inertie.....

Tel est, citoyens sénateurs, l'empire de
l'ordre, qu'avec lui tout s'organise, se développe et prospère, tandis que, privé de
son secours, tout se vicie, se dégrade et
s'anéantit. Vous êtes, dans le premier cas,
un exemple frappant de ce qu'il peut sur le
caractère, les sentimens et les actions de la
majorité des Français.

*Aux membres du Corps Législatif et du
Tribunat.*

Citoyens Législateurs et Tribuns,

Vous êtes destinés, par la nature de votre
institution respective, à donner de bonnes
loix à la république française, en ne discutant et n'approuvant que les objets qui ont
évidemment pour but l'utilité générale et
l'intérêt des particuliers, quand celui-ci n'est
point contraire à l'avantage commun de la
société.

Vous avez, pendant tout le cours de votre
première session, prouvé, citoyens législateurs et tribuns, que vous étiez à la hauteur
des fonctions auxquelles vous avez été appelés
par la confiance publique. Vous continuerez
de remplir dignement la plus importante des
missions, et par-là vous mériterez, avec
les bénédictions de vos contemporains, les
hommages de la postérité la plus reculée.

Au ministre de la police-générale,
Citoyen Ministre,

Il n'appartient qu'aux âmes élevées, aux esprits d'un ordre supérieur, de savoir sacrifier . dans les premiers emplois de la république, leur volonté individuelle au vœu de tous ou du plus grand nombre, et leur façon de penser particulière à l'opinion publique.

C'est, au moral comme au physique, le funeste égoïsme qui a enfanté, prolongé les malheurs de la révolution. C'est lui qui, en s'opposant sans cesse au beau systême de l'unité politique ou sociale, a relâché, a enfin brisé tous les liens qui enchaînoient autrefois si agréablement, si utilement les français les uns aux autres, sous l'empire commun de la loi, du gouvernement, de la justice et de la concorde.

Après en avoir été privés trop long tems, nous commençons à jouir de ces précieux avantages. Dans une place très-délicate et très-importante, vous avez déja fait beaucoup, citoyen Ministre, pour le rétablissement de l'ordre et de la paix intérieure. Sans doute il vous sera bientôt permis de consommer avec vos dignes collègues, sous les auspices du corps législatif et de la puissance exécutive, par l'influence aussi douce que salutaire d'une administration à-la-fois vigilante et paternelle, l'ouvrage de l'illustre favori de Mars, de ses nobles émules dans la carrière de la gloire et de ses zélés collaborateurs dans toutes les parties de l'économie civile.

BATAILLIARD, *Homme de Loi,*
rue de l'Université, N°. 920.

OBSERVATIONS

Relatives à la Circulaire du 24 Germinal dernier, adressée par le Ministre de la police générale aux Préfets des Départemens, laquelle porte que tous les prévenus d'émigration qui, avant le 4 Nivose an 8, n'ont pas réclamé contre leur inscription, recevront l'ordre de quitter le territoire de la République.

CHEZ un peuple qui prétend à l'honneur d'être libre, et qui jouit réellement d'un avantage aussi précieux, toute vérité dont la manifestation est *un appel généreux et sentimental* à la puissance exécutive pour augmenter le nombre des heureux, mérite sans doute d'être accueillie avec le plus vif et le plus tendre intérêt. En effet, l'homme qui la présente à l'autorité, rend un hommage solemnel aux principes, et ceux qui gouvernent, en la recevant des mains de la philantropie, montrent qu'ils veulent la mettre à profit pour leur propre gloire et pour le bonheur de la société.

Les notes judicieuses qui ont été insérées, à diverses époques, dans plusieurs journaux, *sur la nécessité d'accélérer les radiations définitives et de fermer la liste des émigrés,* tant pour le triomphe de l'humanité, que pour le rétablissement du crédit public et la restauration des fortunes particulières, n'ont pas peu contribué à éclairer la religion du gouvernement actuel, et à déterminer de sa part des mesures *aussi promptes qu'effi- caces,* dont le but étoit évidemment de restituer à la mère-patrie, au commerce, à l'agriculture, aux arts et aux sciences une foule d'individus que leur avoient enlevés, dans le cours d'une longue révolution, l'er- reur, les haines personnelles, la malveillance et la cupidité.

Depuis la mémorable journée du 19 Bru- maire, dont les résultats s'annoncent avec les caractères les plus favorables, les plus imposans, la forte et brillante lumière qu'a répandue successivement au sein de la ca- pitale, et jusqu'aux extrémités de la France, le triple flambeau du génie, de la raison et de la politique, a dissipé les ténèbres épaisses dans lesquelles étoient comme ensévelies les idées à-la-fois sublimes et consolantes du bien, de l'ordre, de la saine morale et d'une bonne législation.

Le héros par excellence, le philosophe accompli, le parfait administrateur, environné de têtes pensantes, d'hommes d'un mérite transcendant, a senti, parce qu'il en avoit *la conviction intime*, que dans une société quelconque, dont l'existence repose sur une constitution fixe, sur des loix sages, sur un régime équitable, tout acte qui émane de la suprême magistrature, doit avoir pour principe *la justice*, et pour fin *l'utilité générale.* Cette importante maxime, que la nature et les conventions sociales consacrent, appartient au vaste système de l'économie civile; et jamais, chez une nation policée, elle n'a pu être méconnue que dans des tems de trouble et d'anarchie.

C'est pourquoi, si les révolutions qui, à des distances plus ou moins éloignées, bouleversent les empires les plus florissans, enfantent, en même-tems, nombre d'écarts, d'excès, de maux et de calamités; une intelligence dominatrice, une force invisible, enfin cet esprit *conservateur* qui préside au mouvement et à l'harmonie des mondes , sont toujours là pour reprendre leur ascendant , pour exercer leur suprématie sur les opinions et les sentimens, lorsque les factions et les partis détruits ont fait place à un pouvoir *tutélaire et régénérateur*, par l'influence immédiate et salutaire, sous les auspices respectables de l'héroïsme, de la fermeté, de la prudence, de la modération, des talens et des vertus.

Mais il est encore à observer qu'au milieu même des crises les plus violentes , dans un état livré aux dissentions domestiques, *la conscience publique* ne cesse de citer et de juger à son tribunal redoutable les personnes, les événemens et les choses qui ne sont pas en rapport direct *de dessein ou d'action* avec les causes, avec les moyens dont le concours est nécessaire pour opérer efficacement la félicité de tous par le bonheur des familles et des particuliers.

Ainsi, dès l'origine, et par suite jusqu'à la bienfaisante loi du 17 Nivose dernier, il a été flétri par l'opinion *le trop fameux Procès* intenté aux prévenus d'émigration mal-à-propos et injustement portés sur la liste fatale. Oui, la majeure partie des Français a été révoltée, sous les différentes législatures, de ces proscriptions aussi cruelles qu'impolitiques et immorales, dans lesquelles une ignorance coupable, les passions les plus effrénées, et l'arbitraire le plus affreux, *engloboient indistinctement* pères, mères, maris, épouses, frères, sœurs, enfans, vieillards, riches, pauvres, nobles, roturiers, protestans, catholiques, juifs, étrangers, et jusqu'aux braves défenseurs de la patrie......

Instruits par une triste expérience, nous sommes aujourd'hui plus à portée qu'autrefois d'apprécier les conséquences funestes qu'ont eues pour le corps politique entier les persécutions inouies dont la plupart de ses membres ont été, pendant plusieurs années, les innocentes et trop malheureuses victimes.

Cette disposition constante des esprits et des cœurs à repousser, à condamner tout ce qui porte l'empreinte du despotisme et de la tyrannie, se montre, se développe dans ce moment avec d'autant plus d'énergie, avec d'autant plus de liberté, que les premiers pouvoirs de la république, et ceux qui leur sont subordonnés, unis, liés, enchaînés, pour ainsi dire, les uns aux autres par les nœuds sacrés de l'estime, de la confiance et de l'amour, ne paroissent exister, du nord au midi, de l'orient à l'occident, que pour fermer et guérir des plaies profondes, pour réparer de grands désastres, pour changer nos peines en plaisirs, les cris de la douleur en chants d'allégresse, nos privations en jouissances, nos rivalités en émulation, nos ressentimens en communications fraternelles, les lugubres cyprès en myrthes délicieux, nos revers en victoires, nos espérances en réalités, enfin le laurier belliqueux en palmes de la gloire, en fertile olivier de la paix......

C'est dans cette situation satisfaisante où se trouve mon pays depuis notre rédemption politique, par l'entremise d'un mortel vraiment extraordinaire, par les miracles de l'enthousiasme universel qu'il inspire, et par les merveilles de la juste célébrité qu'il s'est acquise dans les quatre parties du globe habitable, que je me hasarde à traiter, aussi brièvement qu'il me sera possible, une question à la fois très-importante et très-épineuse, dont l'examen, fait avec l'impartialité la plus scrupuleuse, avec le calme du sang-froid et de la réflexion, ne manquera point d'intéresser toutes les âmes délicates et sensibles au sort d'une classe de citoyens qui, inscrits, *à leur insu*, dans des départemens étrangers à ceux de leur domicile habituel, *n'ont point réclamé avant l'époque du 4 Nivose dernier.*

Sans doute mon intention, en discutant le point essentiel dont il s'agit ici, n'est pas de composer un ouvrage sur l'émigration. Seulement je me bornerai à répondre, *avec tous les égards et tous les ménagemens que commande l'autorité*, aux principales raisons dont s'appuie le ministre de la police, *pour bannir de leurs foyers, pour pousser et jeter hors de notre territoire* tous ceux qui, n'ayant point satisfait à la loi du 26 Floréal an 3, et à celles subséquentes, *sont censés avoir encouru la déchéance*, ainsi que les peines qu'elle provoque contre les délinquans ou prétendus coupables.

Comme, en général, et à proprement parler, le code des émigrés n'est que l'ouvrage fortuit d'une multiplicité de circonstances les unes plus difficiles et plus critiques que les autres ; comme aussi les annales et les révolutions de tous les peuples, tant anciens que modernes, n'offrent rien de semblable dans ce genre de législation, au milieu de leurs secousses intérieures, de leurs déchiremens politiques, et même des horreurs de leurs guerres civiles; ce n'est point chez les historiens, les publicistes, les jurisconsultes et les écrivains philosophes, tels, par exemple, que les Xénophon, les Socrate, les Platon, les Aristote, les Polybe, les Tullius, les Tite-Live, les Salluste, les Florus, les Tacite, les Plutarque, les Sénèque, les Epictète, les Marc-Aurèle, les Justinien, dans l'antiquité savante; et, dans des tems moins reculés, les Juste-Lipse, les Patrice, les Bodin, les Montaigne, les Grotius, les Puffendorf, les Montesquieu, les Helvétius, les Mably, les Saint-Réal, les Jean-Jacques, les Raynal, etc.; non, ce n'est point dans ces archives révérées de la morale, de la politique et de la législation, dans ces sources aussi pures que fécondes et respectables *du droit de la nature et des gens*, que j'irai chercher mes moyens de défense en faveur des personnes dont j'entreprends de plaider la cause sous la protection de la loi, et jusque sous les regards de la puissance.

Le citoyen Desmeris, auteur de l'article inséré, à la date du 22 floréal, dans le n. 232 du Journal de Paris, s'étonnera peut-être de la hardiesse avec laquelle j'ose, sans des appuis, sans des auxiliaires aussi puissans que *les gé- nies sublimes* dont je viens de présenter la noble série, paroître dans la carrière de la justice et de l'humanité pour y disputer, à la face du ciel et de la terre, le digne prix de la tolérance et de la modération à un mi- nistre aussi ferme, aussi prudent que judi- cieux et éclairé, dont *les mesures de rigueur,* lorsqu'il les propose ou les emploie, tendent constamment à assurer le repos et la tran- quillité des citoyens dans toute l'étendue de la république.

Mais qu'il cesse d'être surpris de ma gé- néreuse audace et de la confiance extrême que j'ai dans mes propres forces, le mortel sensible et vertueux qui, après le citoyen Richard, a donné l'éveil aux âmes coura- geuses pour éclairer la conscience de l'homme d'état, remuer ses entrailles, subjuguer son entendement, maîtriser son intelligence et ses affections; en un mot, conserver à la patrie, à leurs familles, à leurs affaires et à eux-mêmes quantité d'individus dont l'in- nocence démontrée doit être l'égide et la sauve-garde sous le règne des loix, de la bien- faisance, de la grandeur et de la loyauté.

C'est donc dans mon cœur, dans la magnanimité du gouvernement, dans les idées libérales du premier consul et de ses estimables collègues ; c'est dans nos victoires éclatantes, dans les hautes destinées de la nation française, dans le calme heureux dont nous jouissons à l'intérieur ; c'est enfin dans les considérations multipliées de la diplomatie, de l'utilité générale et de l'intérêt particulier, que je découvre et que je trouve en effet les raisons les plus convainquantes, les plus propres à atteindre, avec une certaine gloire, le but que je me propose.

Avant d'approfondir et d'apprécier à leur juste valeur les motifs plus ou moins plausibles qui ont déterminé la circulaire du 24 Germinal, je crois utile de considérer la loi sur *la déchéance* dans son principe et dans son application.

1°. Je soutiens que cette même loi, surtout à l'égard des individus dont je me déclare ici l'avocat et le défenseur bénévole, n'a pu être que *comminatoire*, et que la convention nationale, en rendant un pareil décret, n'a pu jamais prétendu, ni implicitement ni explicitement, au moins dans l'espèce dont il s'agit, *frapper des peines de l'émigration réelle,*

réelle, dans leurs personnes non plus que dans leurs propriétés, ceux qui ne réclameroient point contre leur inscription sur la liste fatale, n'importe par quel intérêt ou par quel mobile ils fussent dirigés *au fort intérieur*.

L'intention bien prononcée du législateur à ce sujet s'explique et se prouve par deux faits aussi essentiels qu'incontestables. D'abord il est évident que l'on avoit le projet de connoître d'une manière positive, d'embrasser dans une surveillance commune et de mettre sous la main des autorités constituées tous les prévenus d'émigration, quels qu'ils fussent, et en quelqu'endroit qu'ils eussent transporté leur domicile, fixé leur résidence, afin d'en disposer à volonté, suivant les besoins et les occurrences. Il est clair que la mesure n'étoit devenue générale, que pour atteindre alors et successivement les véritables émigrés, qui se multiplioient dans l'intérieur sous mille formes différentes, et qui par-là même provoquoient la surveillance la plus active et la plus sévère à l'égard de tout ce qui pouvoit être seulement soupçonné d'émigration.

En second lieu, personne n'ignore que le

B

dessein d'assujétir tous les inscrits aux formalités de la réclamation, tenoit à un *sys-
téme purement fiscal*, et constamment
pratiqué par les différentes assemblées législa-
latives, qui, pressées par des circonstances
extraordinaires, abandonnées à l'impulsion
des événemens, influencées au-dedans et
au-dehors par des passions aussi ardentes que
tumultueuses, contraintes d'ailleurs par la
nécessité *d'imposer les riches et les fortunes
particulières*, pour rapprocher les recettes
des dépenses, pour soutenir le fardeau im-
mense de la dette publique, enfin pour ne
pas succomber, faute de moyens pécuniaires,
dans une guerre aussi longue que désas-
treuse, ont tenu *forcément* le glaive de la
loi suspendu sur toutes les maisons opulentes
ou aisées, afin de se ménager des ressources
directes par le séquestre, le partage et la
vente même des biens, dans des conjonctures
difficiles, et dans la pénurie du trésor na-
tional.

Pour justifier, ou du moins pour pallier
la conduite du législateur et du gouvernement pendant tout le temps que l'anathême
révolutionnaire a pesé *indifféremment* sur
les palais magnifiques et sur les humbles

chaumières, je ne vois pas que l'on puisse
alléguer et produire de raisons, sinon meil-
leures, au moins plus recevables que celles
dont je viens de présenter un simple apperçu;
autrement je ne trouverois point dans notre
langue, ni dans aucun idiôme connu, d'ex-
pressions assez *caractéristiques* pour qua-
lifier les hommes et les choses qui se rap-
portent au point capital que je discute.

Sans doute l'exagération égare les esprits,
et les entraîne quelquefois au-delà des
bornes de ce qui convient, comme *vrai, bon*
et *utile;* mais elle n'éteint pas les lumières
de la raison, de la politique et de la morale,
au point de n'offrir, à diverses époques,
pour les mêmes objets de police et d'administration, que des *extravagances*, que des
monstruosités dans les résolutions de la
puissance législative, et dans les actes qui
émanent du pouvoir exécutif.

2°. Si j'examine la loi du 26 floréal *dans
ses effets et dans ses résultats*, avant, ainsi
que depuis le 18 Fructidor an 5, je crois être
fondé à affirmer que les autorités supérieures
n'ont jamais pensé qu'elle fût *réellement
applicable* à l'universalité des non-réclamans, puisque ceux-ci, pour la majeure

partie, sont toujours restés jusqu'à ce moment fort tranquilles chez eux, et qu'en général la confiscation, ou simplement le séquestre des possessions en immeubles, n'ont eu lieu que dans les départemens où les inscriptions avoient été faites.

Sans cette persuasion, qui avoit pour base le sentiment et l'équité, pourroit-on s'imaginer qu'*avec la rigueur et la sévérité* dont on usoit envers tout ce qui touchoit ou qui seulement avoit trait à l'émigration, **le** comité de salut public, et ensuite le directoire exécutif, loin de les laisser respirer en paix, n'eussent pas au contraire recherché avec le plus grand soin les prévenus qui auroient négligé de se mettre en règle?.....

Mais à cet égard on ne sauroit donner trop d'éloges à la sagesse, à la prudence et à la modération par lesquelles le gouvernement a signalé, a honoré sa politique, même après la fameuse journée dont on vient de parler, journée qui comprit, par une mesure aussi terrible que précipitée, tant d'illustres personnages dans un décret de déportation au-delà des mers les plus infréquentées.

Certainement aucune force, aucune barrière, aucun obstacle, tant au physique qu'au moral, n'étoient alors dans le cas d'arrêter le pouvoir directorial dans ses entreprises hardies; et pour peu que la loi l'eût autorisé à proscrire ou à exiler sans blâme ni responsabilité, il n'auroit pas manqué, même pour se rendre plus *populaire*, cette occasion aussi éclatante qu'inattendue, d'acquérir *au fisc et à la république* des revenus considérables, par l'expulsion hors du territoire français de quelques milliers d'individus, aux noms magiques et trop spécieux du peuple, de la loi et de l'intérêt général.......

Après ces digressions et ces détails, qui ne sont point étrangers à la nature de mon sujet, je suis enfin arrivé à la réfutation directe des prétendus griefs dont le ministre de la police semble former autant de chefs d'accusation contre les personnes qui n'ont pas réclamé avant le **4** Nivose.

Quoique la tâche dont je me suis imposé volontairement le fardeau, exige plus de sagacité, de connoissances acquises, de talens et de lumières que je n'en possède véritablement; quoiqu'il soit peut-être téméraire de *contredire* un des agens immédiats de l'autorité consulaire; cependant j'oserai répondre, avec tout le respect possible, aux raisons énoncées dans sa circulaire du 24 Germinal, bien convaincu d'avance que mes efforts, mon zèle et mon dévouement en faveur de l'innocence malheureuse, *ne sauroient me mettre mal*, soit dans l'idée du ministre lui-même, soit dans l'opinion publique, ou dans l'esprit des premiers magistrats du peuple.

Si ce langage modeste et réservé n'a point cette fierté républicaine dont on a tant abusé dans le cours de la révolution, c'est que moins jaloux d'*être moi*, que *de fondre mon existence personnelle* dans les sentimens, dans le repos, dans le bonheur de *tous*, je ne veux avoir d'âme, de volonté, de désirs, de mouvement et d'action, que pour être utile à mes semblables, par les moyens que les égards, les ménagemens et les convenances indiquent, prescrivent à l'honnête homme.

On fait trois objections sérieuses aux personnes inscrites sur la liste fatale, et qui n'ont pas réclamé *en temps utile*.

1°. On leur oppose *la crainte insensée de ne point obtenir justice.*

Sans chercher à pénétrer ici les secrets de famille, qui seront toujours respectables dans les relations sociales, il m'est démontré à moi , et c'est une vérité constante, que ce n'étoit point précisément *le déni de justice que l'on redoutoit*, mais les effets incalculables d'une réclamation inconsidérée, qui vous jetoit, vous impliquoit, vous embarrassoit dans les liens d'une procédure d'autant plus inquiétante, que vous vous trouviez enlevés à tous les tribunaux, pour rester ensevelis, *des années entières*, dans l'obscurité des archives et des bureaux de la police, jusqu'à ce que vous pussiez en sortir avec le secours d'intermédiaires très-puissans, ou par les démarches, les sollicitations, les soins et les importunités d'un tiers obligeant, dont on ne pouvoit se dispenser de reconnaître les peines par une juste rétribution.

L'homme marié, par exemple, qui savoit n'avoir jamais émigré; qui, éloigné du département où il avoit été *mal-à-propos* inscrit, vivoit en paix, depuis un certain temps, sous les yeux de ses concitoyens, dont il possédoit l'estime et l'amitié, devoit-il, au préjudice de sa propre tranquillité, de celle de sa femme, de ses enfans, de ses créanciers, et de tout ce qui lui appartenoit, faire, malgré *la notoriété publique de sa non-émigration*, une démarche aussi imprudente que dangereuse, dont la moindre conséquence eût été de le priver de ses droits politiques, sans parler du séquestre de ses biens, et des autres inconvéniens qui auroient pu en résulter, tant pour lui que pour les siens ?

Ainsi, en supposant, en admettant même la connoissance de l'inscription, on voit que l'individu, *sans être déterminé par la crainte insensée de ne point obtenir justice*, avoit un motif très-légitime et très-fondé pour ne former aucune demande auprès des autorités constituées. Comme d'ailleurs il est de l'essence de tout être raisonnable et social de ne point chercher à se nuire, ni à lui personnellement, ni aux objets de sa tendresse et de ses affections, le pouvoir de la nature vient encore fortifier mes raisons et ajouter à leur évidence.

2°. On reproche aux non-réclamans *une trop grande sécurité sur leur sort, qui seroit un indice du mépris des loix et du gouvernement.*

Il est encore très-facile, selon moi, de justifier, à cet égard, la conduite *des prétendus coupables.* Elle tient, 1°. à la tranquillité parfaite et non-interrompue dont ils ont toujours joui dans leurs foyers; 2°. à la confiance absolue et, en quelque sorte, *illimitée,* qu'ils ont eue constamment dans la bonté de leur cause; 3°. enfin à l'espoir aussi consolant que positif d'un ordre de choses plus ou moins prochain qui devoit, sans les assujétir à des formalités embarrassantes, sans compromettre ni leur sûreté individuelle, ni leurs intérêts, réparer *une erreur ou injustice* dont il leur étoit impossible *en se déclarant contre ouvertement*, de prévoir les suites funestes, au milieu du conflit des passions, du choc des partis, des catastrophes d'une guerre intestine, de l'incertitude de nos triomphes au dehors, en un mot, de la fluctuation des circonstances.

Ce qui se passoit autour d'eux et sur la vaste étendue du territoire de la république, les confirmoit aussi dans le plan qu'ils pouvoient avoir adopté, *de ne point aller au-devant d'un délit imaginaire*, pour lequel ils n'étoient point recherchés par leurs juges naturels ou compétens, dont leur conscience leur attestoit la *nullité*, et qu'ils étoient bien sûrs de n'avoir jamais commis, *au vu et au su* des habitans de toute une contrée, de tout un département.

J'observe que je continue de raisonner ici dans l'hypothèse que les prévenus n'ignoroient point leur inscription, soit qu'elle pût ou non leur être appliquée *sous les seuls rapports des noms, prénoms, qualités et domicile.* On sent que si je parviens même dans cette supposition, à blanchir les parties intéressées, j'aurai infailliblement beaucoup d'avantage pour le reste, c'est-à-dire que la victoire entre mon célèbre, mon digne antagoniste et moi, ne sera plus douteuse.

Loin donc, comme on le fait par une espèce d'analogie, ou plutôt par pure induction, d'inférer d'une heureuse, d'une noble sécurité *le mépris des loix et du gouvernement,* je trouve, au contraire, dans cette situation de cœur et d'esprit, la garantie des idées les plus libérales et les plus propres à provoquer, à mériter aujourd'hui les suffrages et la bienveillance de l'administration.

En effet, en quoi ces citoyens offensoient-ils le corps législatif et la puissance exécutive, puisque l'un et l'autre les protégeoient au sein de leurs habitations, par l'entremise des autorités secondaires, dans leurs per-

sonnes, leurs familles et leurs propriétés?....
Devoient - ils être *plus exigeans , plus sévères , plus rigoristes* envers eux-mêmes, avec le témoignage d'une conscience irréprochable, que les pouvoirs spécialement chargés de la surveillance locale et de la manutention des affaires ne l'étoient à leur égard, d'après la certitude acquise qu'ils avoient de leur non-émigration, de leur patriotisme et de leur moralité?

Ces considérations diverses, à l'appui desquelles viennent les argumens employés plus haut, me portent à conclure que le second grief ne sauroit être raisonnablement imputé, *ni dans le fait, ni dans l'intention*, aux personnes dont j'ai embrassé la défense.

3°. Enfin on les accuse *d'une indifférence coupable sur leurs propres destinées.*

En s'attachant aux principes de justice, ainsi qu'aux différens motifs développés dans le corps du mémoire, et dans le cours de la présente discussion, il est aisé de concevoir et de se persuader que ce n'est nullement *par une insouciance criminelle sur eux-mêmes*, que les individus dont il s'agit n'ont point réclamé. Certes, bien loin d'avoir négligé les moyens d'assurer leurs droits et leur conservation, ils ont montré, au contraire, qu'ils travailloient efficacement à leur repos et à leur bonheur, en s'abandonnant aux soins paternels des autorités tutélaires qui veilloient sur leur existence, en se flattant qu'il *luiroit*, qu'il *brilleroit* pour la gloire et la félicité de 3o millions de Français, *le jour aussi prospère qu'ardemment désiré*, où elles disparoîtroient, où elles seroient anéanties par un héros magnanime, par la chartre constitutionnelle, par un gouvernement généreux et par la bienfaisance nationale, *ces inscriptions odieuses* qui, depuis si long-temps, tourmentoient, désespéroient tant d'honnêtes, de vertueuses et de respectables familles.

Sans contredit, c'était un acte à-la-fois de précaution, de sagesse et de déférence au pouvoir établi alors, que de s'en rapporter *exclusivement*, pour son bien-être individuel, pour ses intérêts les plus chers, à l'administration ou tribunal dont on se trouvoit, par le seul fait du domicile, *naturellement justiciable*, et qui avoit un caractère avoué pour apprécier, avec connoissance de cause, la conduite civile, politique et morale de quiconque étoit placé *immédiatement* sous ses regards.

D'ailleurs, il est incontestable que *l'ins-*

*cription n'a jamais constitué l'émigration,
sur-tout dans un département où l'on
n'avoit point sa résidence.* Il s'ensuit qu'il
n'y avoit nulle réclamation à faire pour un
délit qui n'existoit réellement pas, et une
triste, une malheureuse expérience a prouvé,
pendant plusieurs années consécutives, que
toute démarche ostensible à cet égard ne
pouvoit exposer qu'à beaucoup de désagré-
mens ceux qui la hasardoient. D'après toutes
les raisons *péremptoires*, suivant moi, que
je viens de déduire pour combattre et réfuter
la dernière objection, je ne crains pas d'a-
vancer que celle-ci rencontrera, comme les
deux précédentes, des *esprits et des cœurs*
disposés à les repousser, à en faire justice,
ainsi que moi, au profit des particuliers,
de la chose publique, de la raison, de la
politique et de l'humanité.

Mais si les argumens dont j'ai appuyé la
cause la plus intéressante, puisqu'elle se lie à
tout ce qu'il y a de plus respectable et de plus
sacré dans l'ordre social, sont d'une évidence
positive et de la plus grande force en faveur
des personnes que j'ai supposé *gratuitement*
avoir été *instruites* de leur inscription, quel
sera donc leur triomphe et le mien, en admettant, comme c'est vrai pour la majeure partie

des non-réclamans, que l'*ignorance seule* les a empêchés de satisfaire à la loi du 26 floréal?

Sans doute il me seroit aisé d'épancher mon âme sur un sujet qui comporte les mouvemens sublimes d'une éloquence énergique et sentimentale. Je pourrois d'abondance écrire un volume, et je n'aurois pas encore épuisé la matière. Cependant, pour ne point abuser de l'indulgence de mes lecteurs, je me hâte d'arriver aux conclusions que je me suis proposées, et qui sont la fin, le but, le terme unique de cet ouvrage.

1°. *Par équité, par politique, par honneur* et *par philantropie*, le gouvernement actuel, qui est assis sur les fondemens inébranlables de la justice, de la gloire et de la modération, ne doit pas, après tous les exemples de vertu, de grandeur et de magnanimité qu'il a donnés à la France, à l'Europe entière, être *plus rigoriste, plus tranchant, plus exclusif* que ne l'ont été les deux conseils et le directoire à l'égard des prévenus, depuis et avant la fameuse journée du 18 Fructidor an 5. Un pareil contraste, en même temps qu'il flatteroit l'orgueil de bien des individus, seroit indigne de la sublimité des principes et de l'élévation des sentimens qui dirigent aujourd'hui les premiers pouvoirs de la république.

2°. Je demande, au nom de l'innocence, de l'utilité générale et de l'intérêt particulier, que la circulaire du 22 Germinal dernier soit regardée comme *non avenue*, et qu'il soit présenté de suite par le ministre de la police un rapport aux consuls, à l'effet de prendre, relativement aux prévenus dont est ici question, *de l'avis*, s'il le faut, *du conseil d'état*, des mesures ultérieures qui soient dans le cas de concilier ce qu'exige la sûreté publique, avec ce que commande, sous une constitution libre, sous le règne des loix, sous l'empire des vertus, le respect dû aux personnes, aux propriétés et aux convenances sociales......

Je sais que, pour l'ordinaire, il n'est accordé qu'à ceux qui sont placés à la tête ou dans l'intérieur de la machine politique, d'en connoître parfaitement tous les ressorts, le jeu et le mouvement; je n'ignore pas non plus que la multitude, à qui l'ensemble et les détails des opérations administratives échappent nécessairement, ne peut appercevoir que les objets rangés autour d'elle, et conséquemment dans le cercle étroit d'un horizon très-borné; néanmoins ce sens commun si précieux, qui préside aux actions et aux jugemens du peuple ; cette prudence, cette réflexion, ce coup-d'œil sûr et rapide qui remplacent chez lui ce qu'on appelle esprit, talens, lumières ; cette bonté rare et touchante, qui fait l'essence de son caractère ; les sentimens généreux qu'il porte, qu'il nourrit sans cesse dans son cœur, sont toujours-là pour l'inspirer, pour l'éclairer, pour arrêter et fixer son opinion sur tout ce qui est *juste*, *vrai*, *utile* et *convenable*. Souvent, par une heureuse pénétration, par une sagacité exquise dont la nature l'a doué, il découvre de suite, dans l'intérêt, pour le maintien et l'harmonie du corps social, des idées et des rapports qui ne sont pas saisis d'abord par l'œil le plus clairvoyant et le plus exercé en politique et en législation.

Ainsi, après m'être assuré, d'une manière très-directe et très-positive, de la façon de penser du public sur la circulaire du 24 Germinal, j'adresse à l'autorité supérieure les vœux ardens de la justice et de l'humanité, pour conserver à la patrie des enfans dont l'exil, même le plus court possible, seroit une véritable calamité pour toute la république.

BATAILLIARD, *Homme de Loi*, *Rue de l'Université*, N°. 920.

www.ingramcontent.com/pod-product-compliance
Ingram Content Group UK Ltd.
Pitfield, Milton Keynes, MK11 3LW, UK
UKHW021200140726
13695UKWH00005B/2251